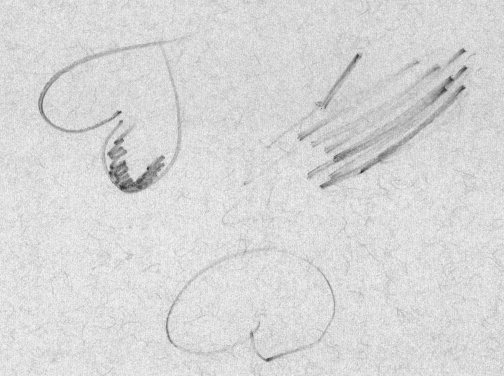

Aprendiendo a leer

Para todos mis amigos peludos y para aquellos que los aman, gracias.
Y para las bibliotecas, donde ocurre la verdadera magia.

—L. P.

Título original: *Madeline Finn and the Library Dog*
Texto e ilustraciones © 2016 por Lisa Papp
La edición original fue publicada en Estados Unidos por Peachtree Publishers

Traducción del inglés: Clara Garcia Pujol

Primera edición en castellano para todo el mundo © mayo 2017
Tramuntana Editorial – c/ Cuenca, 35 – 17220 Sant Feliu de Guíxols (Girona)
www.tramuntanaeditorial.com

ISBN: 978-84-16578-52-8
Depósito legal: GI 93-2017 – Impreso en China

Aprendiendo a leer

Lisa Papp

Tramuntana

¡NO me gusta leer!

Ni libros.

Ni revistas.

Ni tan siquiera la carta

del camión de los helados.

SOBRE TODO, no me gusta leer en voz alta.

—Sigue intentándolo, Martina —dice mi profesora.

Pero, a veces, no puedo encontrar las palabras.

A veces, las frases se me pegan en la boca como si fueran crema de cacahuete.

A veces, cuando me equivoco en clase, se burlan de mí.

Y nunca consigo que mi profesora me dé la pegatina de la estrella.

Ni tan siguiera una sonrisa.

En lugar de eso, me da un corazón que dice: "*Sigue intentándolo*".

Recibo muchas pegatinas de "*Sigue intentándolo*".

Pero yo quiero la estrella.

Las estrellas son para los buenos lectores.

Las estrellas son por haber entendido las

palabras, y por haberlas dicho en voz alta.

Pero yo sé que sirven para algo más.

¡Las estrellas también son para pedir

deseos!

Así pues, pido el deseo de tener mi

propia estrella.

Supongo que los deseos tardan un poco, porque no consigo
mi estrella ni el lunes ni el martes.

—Sigue intentándolo —dice mi profesora el miércoles.

El jueves, digo mal el nombre de la rana. Es Samuel.

Yo lo intento disimular diciendo "Sam", pero no funciona.

El viernes no va mucho mejor.

El sábado, mamá me lleva a la biblioteca.

—Hola, Martina —dice la Sra. Ortiz.

Es nuestra bibliotecaria.

—No me gusta leer —le recuerdo, por si se le
ha olvidado.

—Oh, sí, ya me acuerdo —dice ella.

—Pero hoy tenemos algo especial. A lo mejor
te gusta.

—Martina, ¿te gustaría leerle a un perro?

La Sra. Ortiz me lleva hacia un perro grande
y blanco.

—Esta es Bonnie. ¿Por qué no buscas un libro
y le lees un poco? Es muy buena escuchando.

Bonnie es preciosa. Es como un oso polar nevado.

—¿Te gustaría intentarlo? —me pregunta mamá.

—Sí, por favor —digo, (pero en voz baja).

Al principio, estoy nerviosa.

Se me mezclan las letras.

Las palabras no suenan bien.

Pero entonces miro a Bonnie y ella me está
mirando directamente a los ojos.

Ella no se ríe de mí.

Me siento mejor. Lo intento de nuevo.

A mitad de camino, me quedo bloqueada con
otra palabra.

A Bonnie no le importa. Pone sus patas
grandes en mi regazo y deja que la acaricie
hasta que consigo resolverlo.

Después de eso, Bonnie y yo

leemos juntas cada sábado.

Es divertido leer cuando no tienes miedo de
cometer errores. Bonnie me ha enseñado que
está bien ir despacio, y seguir intentándolo.
Tal y como dice la pegatina.

Todavía no tengo la estrella.

Pero puedo ser paciente.

Como Bonnie.

Se acerca el momento de volver a leer en clase. Pero cuando voy a la biblioteca, ¡Bonnie no está! Ni tampoco la Sra. Ortiz.

—¿Te gustaría esperar a otro perro? —me pregunta la otra bibliotecaria.

—No, gracias —digo tan amablemente como puedo.

—No te preocupes —dice luego mamá.

—Hoy Bonnie estaba ocupada.

—¿Pero, y la escuela? —pregunto.

—Lo harás bien —dice. —Imagina que estás leyéndole a Bonnie.

Lunes por la mañana. Estoy muy nerviosa.

—Martina, ¿te gustaría leer el siguiente texto? —pregunta la maestra.

—Sí, por favor —digo yo, (pero todavía en voz baja).

La primera frase va bastante bien. Entonces me hago
un lío con una palabra.

Y luego con otra. Oigo algunas risitas.

Pero entonces pienso en Bonnie. Respiro hondo
y me imagino que está justo a mi lado.

La siguiente cosa que sé es que

ya estoy al final de la página.

Miro a mi maestra,

que sonríe de oreja a oreja.

¡Lo he hecho!
¡He conseguido mi estrella!

El sábado, volvemos a la biblioteca. ¡La Sra. Ortiz ha vuelto!

—¡He conseguido mi estrella! —le cuento —Quiero dársela a Bonnie.

—¡Muy bien, Martina! —dice ella.

—Creo que Bonnie tiene una sorpresa
para ti también.

—Martina, ¿te gustaría leerle a Bonnie… y a sus cachorros?

—¡Sí, por favor! —digo en voz alta y clara.